ノトーリアス　グリン　ピース

田中さとみ

思潮社

写真　金川晋吾
装幀　中島浩

ノトーリアス　グリン　ピース

天国への階段を買おうとしている彼女を知っている

私は美しい人の姿が土砂のように崩れはじめて海に浸かる
3月の鹿踊りをはじめて眺めていました。

＊

マイクロプラスチックを食べた、　歴史に回収されるまえの、色の黒い尉、
に接続されていく、
羽衣の菌糸が雪のように染みていくのを感じていた
　　ニホンオオカミの　　身体、
遠吠えする二つの目玉の　惑星に　こびり咲く　LACOSTE の花々が、
（木や花にも情けをかけることができる）
まんようしゅうの音色の川が流れていたところ　　テレビの馬の変形体が、
視線を遮る、
橋上に立っていた人は、
「岬に椿を植える人々がいたという話をあなた知っていますか」
と尋ねた

「いいえ。確か、ゲンズブールはランボーと同じ墓に眠っていたはずだけど」
　もう別の景色に接続する、
白鷺が飛びたっている真珠の空、

*

水玉の鹿が木陰から覗いていた、　寄木細工でできた湖が零れると、
鹿の水玉は笑うように　揺れるので、さやかな風ばかりが　吹いている、
水玉のなかには、　ひとすじのアメンボ（wwweb.）が　浮かんでいる　の
切り裂くように水を掻くと、　五線譜は乱れ　る
「彼らは、岬に椿の苗を植えては、また次の岬へと旅をしていく」
横断していく‥流星が　　「ただ、筆跡だけが残されて」
涙を流してい　るあなたは誰か　　「光ものはすべて黄金だった」
書き残された星　図を濡らして　いる

岬考

東に帰っていくのは
物狂いの（熊）
椿のにおいが潮風と一緒に岬からしていた
心もとなや
「いともたやすく嘘をつくにんげんがいることを知ったんだ」
「心は物に狂わねど、姿を狂気にもてないて」
「あなたに会うやくそくをする《くまのなかにはうつくしいおとこがいる》」
キミは、土偶のいろした巻貝をひろった

たなそこに落ちるのは　遠くの海の音
濡れていた　燃やされていた
岩のあいだの裂け目から
熊のenfantが虹のように沸きいだして　花の矢で射られる　岬にこぼれていく　椿の丹
なにをしてもその血の跡は消せなかった
キミは・・逃げていた、待ってよと声が聞こえたから振り向いた、目があった、
シャッター音がして、思わず眼に触れていた、撮られた、その像がやさしく笑うから、
過去に、結びついていく
（心）は、星座になる

MEDIA

子供のときに握っていたトーテムポール
ある日、流星群が流れて　粉々　にな　ってしまった
　百年（やくそく）が頭上を　蛇　（　Floyd Mayweather　）這うように錯　乱している

＊

「死んだらどうなるの?」
足のない　Atom（135㎝）の　さ　ざ　れ石が静　かに問う
「ポール・マッカートニーはまだ生きててジョンは射殺されたんだ」
・・・・達子森の・中へ転がって・いく・・・・・・・・・・・・・・・・・・・・・・・・・
「ドラムはリンゴ・スターだよ。煙を吐くなって。ジョージ・ハリスンはもう死んでるよ」
達子森の　中へ転がって　いく　霜柱と光で洗われ　る　記憶は「織物」　へと補完されていく

「僕は物語を語ることがいやになってしまった」

森の中では、みんなが各々の　物語を語っていた
月面を歩いてい　る　映画館みたいなにぎわいだった
世界と自分との境界線があいまいで　　世界を思い通りにできると信じていた　か　ら
こういう作り話をしたの　かもし　　れない

樹木から湯気が犇めい　て　白骨化した雪女郎が　湖になる　　山の頂は　湖に囲まれていた
獅子舞が水を啜る　と　祖父のグラフィティが空にのぼって行く

「森と書いて山と読む」

足のない　　AI（4.3㎝）の　さ　ざ　れ石が静　かに問う
・・・・達子森の・中へ転がって・いく・・・・・・・・・・・・・・・・・・・・・・・・・・・・・・

「世界の果てはどうなっているの？」

「僕は石の断面を見続けていた」

＊

Lとアイスを食べながらDVDを見ていた

Alexander McQueenのジャケットを着ている、ある男　が車から降りてくる　、

包丁を握ったチャイナガールに追いかけられ

黄色く逃げる　チャウチャウ犬（ミートボール）　ぶよぶよの石に

彼らが躓く　と石　の断面に、　明滅するDJが歩いている、

塞き止められたエレファント　に乗せられて　「実人生もまた物語であった」

声だけに　な　った　、「Hiphop is」

モノクロームになる　セキレイが　切断していく

眼前に　柳が滲み、

川に　墨が垂ら　され　る

ノン・ヒューマンビーイング

〈ディスコミュニケーション〉の屏風のボートに揺られながら
Twitterで炎上する話題　すぐに飽きられて消えてしまう　繋がりのない
トム・ヨークの声　が　空気人形のくちもとから流れ　る
祖父からもらった　扇　を　襟のあいだから取り出　す
ひらいて　い　く　白く　砕けていく　波を　撫でるとき
松葉には　雫が　ついていた
月がその中で無数に膝を抱えて（糸輪に覗き花菱）丸まっている
「不安を糧に生きてきた、証しに、星は一層輝いていくだろう」
あんなに憎んでいたのに
ほんの少しだけ、この世界の均衡が正された瞬間に
オゾン層　の　指先を折　る　暇もなく
木の葉の　冠ものをつけた彼女はもう消えて　い　た
鏡板の松には星の光が　降りて　いる
出端のスプレー缶の笛の音が高音で描か　れて　いく
「今日は記念日だから」
とマッドチェスターのTシャツを着た古本屋の女店主に　一輪のバラをもらった

「戦争が終り、世界の終りが始まった」
少年が手に一輪の花をにぎりしめストリートを駆けている

キミが最初の花だった

馬に水をかけてやった
　　　　　白　い　湯気がでて　いた　馬の体から
迸る
映像が揺れる　　湯気と湯気のあいだから
　ひし形の昆虫が　　まるい軌跡を描きながら水のなかに落ちるとISSEY MIYAKE の
さざ波みみの　蓮の花がひらく
　鉄腕アトムの　翁が　C.Eと刺繍された　キャップをかぶっていた
「フィリップ・K・ディックの小説に出てくる女性がC.Eっていうタトゥーを入れているんだ。
その小説の中では、どんどん時間が退行していく。」
あなたは教えてくれた
　　　　　　　頰に　太陽が何度も落　ち　ていた
ながい時間をかけて　　染み入る（ココ　ロ）ロロ　コが焼けながら　懐かしむ
岩蔭から
　　　　　苔むした口の匂い　がする

「家のすぐ後ろに源太夫山があった」

そこに祖父も曾祖父母も眠っていた

差し出された手のひらの山を添えて　外部から橋を渡ってやってくる遊行女婦が　指をからめると
綿毛の感触がして腕から銀河の草が生えている

この世の奥から流れてくる

二本指の丘の上をサーフィンする子犬がいる光景

舌切雀がくずおれて砂浜になる

江ノ電が走る

埋れた苔の首　擬人化されたネオンが拾う

空と海との境目を見つめると　座敷わらしが覗いていた

水平線から波がうちよせて　杏を食べたような口をしてビー玉を指で弾いている　のは　だあれ

骨を支えとして魚と戯れる

地下水の湧き出る　セーラー服
ガスマスクの　狩人が曇った窓ガラスに髑髏の絵をえがく
格子柄の髑髏
仕留めると狩人は衝撃を受けると聞いた
その　眼窩からピーターラビット　の蛇が　中指を立てて青白く光る
Kはアイヌの女性と熊が寄り添っている写真を眺めていた
水浸しの地下鉄
あしもとを残照の精霊が　泳いでいる

美貌の黒いマリリン・マンソン
赤い波の輪郭線　が　遠い昔に向かって柔らかくうごく
雨が斜めから降り注ぎ　リズムを刻んだ
三つになっても立つことができなかった
アンドロイド　が　歌を歌う

「ノトーリアス　グリン　ピース」
私はその歌をそう名付けた

午前7時

空気が　鞭で打たれる　記憶

光が弾けて　こどものわらい声が　粒子となった

午前9時

妊娠したコンクリートが部屋を歩いている
嘲笑する運河
ヒラメの首が切られる　液晶のにおい

午後1時

遠い昔の書物をひらく

どこもかしこも同じ景色だけが広がっていた。まだ、背の高い木も花も存在しなくて、
水辺に苔だけが生え、静かに呼吸をしていた。
鳥も虫も陸地にはいない。
なにも音がしない。葉擦れの音すらしない。
苔だけが青々とのびていき、土の表面を撫でながら潤していく。

喉が渇いていたことに気づく。

午後3時

水族館に入っていく

水槽の中に医者の表情があり　ミドリの粒子が　通過する
草の上を砕ける結び目　が出来ており　私はそこで躓いた
祭りの獅子舞が津波で流されていった　映像が　よみがえる

午後5時

火曜日がマルコムXの伝記をなぞっている　その水浸しのストリートを金曜日が歩く　と波紋が小指
の　先　をつたい這い上がるねこぢるの喉笛から　かの人の物語《グラフィティ》がカルシウムのノイズと　ともに
溶けだ　す

だれの物語《グラフィティ》だったんだろう　か

映写機から映された古い映像《ステラ》を眺めていた

（６つのしたたる流れ星が落ちていく　やわらかい白い布地に

触れると　白い光が映し出される　）

スクリーンの映像《光》　と　声《記憶》がズレていた

(Scene 9)

男が葉を指先で握りむしっている　煙草を口に咥えながら唇を動かしている

その後に声がおくれて聞こえて　く　る

「ダムに沈んだのはあの村だよ」

tapkop tapkop　と　天使が泥を蹴　る音がする

田んぼの中に足をつけている　茶褐色の大きな足

馬だ

まだ、機械が導入される前だった

田に水を張って　土を細かく砕き　丁寧に搔き混ぜて　田んぼの表面を平らにする

人と馬とが互いの息をあわせながら土をならしていく

「その頃は、母屋の中に馬小屋があって、人の生活と密に繋がっていたんだ」

馬に干し草をあげた

奥歯ですりつぶしながらゆっくりと食んだ

その馬の姿が見えなくなってしまったのは　しばらくしてからだった

消えてしまった馬を探している少年の姿があった

小さな集落のなかを駆けていた

　　　tapkop tapkop

　　　　　　　　天使の　羽が　落ちている

　ゆくやかに

村はずれの　小さな田んぼの　ぬか　るみに足をつけた馬の姿を　ようやく見　つけ　た

　　少年のほうっとした表情がスクリーンに写りだす

シズクが　落ちる　る　と　弧をえがく

スクリーントーンがはり　つけられた　二㌘の山羊　の青空のなかを馬が疾走する　春菊の鼓をたたく　レモン色の放下僧が牛の脾臓二つほどの　音程でうたう　かき混ぜられる流動する　り　序の舞を舞っている崖の上のポニョニョ　の乃

象性が保たれている◯へ　方向もなく対象性が保たれている◯幽玄の根源その
うちにまん中に線が断つ　天地分化していく　重力が生じる　上昇するものと地に
落ちるもの　無を転じて有となる　転換の一波が立ち起こり　現実化への力線の束
が出来上がっていく　分離したその狭間から現実世界へと伸びるアンテナがちょこ
んと突き出ると　顔を覗かせた◯の内の潜在空間から現実世界へと伸びる先っぽ
が大気に触れた　境界線は分化と同化を繰り返す　目をみひらくと　具体物でき
た現実世界がそこにあった　くすぐったい陽の感触がして　芽を伸ばすと　くしゃく
しゃにまるまった葉がひろがる弾ける世界はあった　その世界を模倣してあなたは
語った　祖母の手の暖かさ　白くて乾いている　声の柔らかさ　塗り絵をぬってい
た　あなたの笑った顔を真似した　声を真似した◯を破るために　自由自在の息
吹が薄い膜を通って現実世界の中に流れ込む　だから笑わせたいと　あなたに笑
いかける　媚びた　わけではない　あなたを　ただ写したのだった　方向もなく対

クズ　シが　落ちる　る　と　弧をくがえ

空と海のあいだにペンと定規でうっすらと境界線を引くその上におろおろ綱渡りするように歩いている逆髪がいる生まれた時から黒い髪が逆立っており　櫛をいれても撫で付けてもおりなかった　四方に柱の代わりにイルカの門松が立てられ　ソライロの傷が煌めきながら注がれていく「ブルース、人はなぜ落ちると思う？」 修辞のポケットティッシュは引き裂かれる　光 「底辺にいる人たちは、なぜそんなにまで人の痛みを背負うのだろう」 松虫のヨット、鈴虫のサーフボードに寂しさを書き込みながら　GODZILLAのキリンは蒸発していく記憶を笑いながら未来のあなたに託した　キーボードを叩く　琵琶の音色が憧れながら語りかけてくる 「それでも希望を持つことだ」 消えていく音色の余韻をたなそこに包みながら　逆髪はクラゲの風車でできた階段をpotalaka potalaka駆け上がっていく

(*Scene 11*)

ブラックホールのなかで瞳をみひらいている　永遠にじっとしている　〈ロココ〉の　白日　の

スクリーン　瞳をみひらいていると　羽化がはじまる

(Scene 16)

遠くの空から白いオオカミと黒いオオカミが粒子をまとい　くるくる宙を回転しながら　通りすぎる
「すわや」
染色体異常の水草のたい焼き　がおいしそうに泳いでいて
黒いオオカミが頭から噛ろうとすると白いオオカミがしっぽから頬張った
「冷えに冷えにけり」
犬歯のあいだから噛むと水とミカヅキモが滴る

サクラいろの岩石　にストライプの亀裂やくぼみに発泡ポリエステルの感情のような雨水がたまる
日差しにあたためられる波　紋が苔を育て　る
アクリル層の音と　ともにあたりに広がっていく苔に覆われた　表面に渦を巻くLED
撫ぜられな　が　ら　土に変わっていった
削り落ちた砂粒が多様な微生物と　酸素と　ユーカラを抱きとって
土は肥沃な　土壌へ
榕の葉か　ら水が落ちる、口にふくむ、ブルーシートのクマムシが覚え　たばかりのダン　スをする

地下へ

音が奏でられていた。リ　ズムが降下していく。

「根の国」を響かせることによって、
垂直方向へ降下していく。暗い、
　　「Marquis de Sade のブーツを履いた」
土のなかには、〈もう一つのこの世〉が　　あって、歴史に回収
される前の、人のような姿の
者があり（あるい
はかたちなきものたちが）、re.　息を吹き込むと
Gペンで描かれた、
草木が鱗　のよう　に彩飾さ　れた　輪郭が震え始めたのは　漫画のコマを意識した　か　らだ
かおの白いオオ《翁》カミとかおの黒いオオカ《精霊》ミが言い合いをしている
「私たちは千葉にある椿の海に行った」
口から吹き出しが出ていた
思い出を大切にしていたかった
椿の大木を引っこ抜いた跡に海水がたまって湖ができたところだ
風船になった鬼がいて、猿田彦に針でお腹を刺されて
ポテトチップスの袋のように空に飛んでいってしまった

水位が上昇していく、みみずの意思があり、
「春になると見事な花が咲き天を赤く染め、散れば地面は錦を敷いたような美しいものでした。」
吐息のなかで語り聞かせてくれた物語、モドク、あな　たの声に揺すぶら　　れて、
枠線の私が震える
　「かがみのふね」
「夢違い獏の符」
白いオオカミと黒いオオカミが言い合いをして　互いのしっぽを咥えながら
くるくる回ると空へと昇っていった
　互いのカラダを噛み破る　とそのうちに　洞が震えることで満たさ　れ　た
　　コマから抜け出していた
破れ　た、その隙間から、み、みずの光が漏れている

静かにパイプから水が漏れていた

蛭子のダルメシアンの音符が試験管の中でクネル

下水に捨てられた耳のムーミンが黄金回転する

(Scene 17)

草の間からよく茂った瑪瑙のニャウシカが雫石を舐めていて、キクリはいろはかるたをシートのうえにばらまいていった。

「さ　逆さのオームのカード　今は苦しくてもやがて報われるだろう」

シロがそのカードを取る。

「へ　へんな腐海です　腐海は腐海に分解されていく」

「昨日の夜一本足の妖怪が空から落ちてきた」とシロがおかしなことを言う

「そんなわけないだろ」とキクリが足をジタバタしながら言った

傍らで聞き耳をたてていたSiriが「それは夔《き》という中国の妖怪です」と冷静にアナウンスする

「の　ノンフィクションの泉鏡花の作品がナウシカでした」

たなそこから蝶のイザリがひとひら、silkの鱗粉を纏いながら地をゆっくり這っている

ニャウシカが指をあんでいた

雨がぽたぽた降り始めていた

水に触れるとキクリはククリに、男になっていた

キクリが潜り戸のおくにかくれククリはくくられこちらにやってくるのだった

「スカート、はいてたらおかしいよね」
ピクニックが台無しだ
こういう時、シロはなにも言わずにじっとしていた
ニャーとニャウシカはうながし、慌ててククリは荷物をまとめる

(Scene 18)

シロの母親が書置きを残していなくなってしまった
その紙には、「おひまをいただきます」と書いてあったそうだ
だから、シロは「ひ」と「ま」のあいだに「さ」を入れて、「おひさまをいただきます」と書き足し
家を出てきた
「これからどうする」
「家のすぐ後ろに源太夫山があるだろ。そのさらに後ろにはタプコプ山がある。そこに登ろうと思っ
ている」
たんこぶのようなタプコプ山の頂を見上げると、旗がさしてあった
お子さまランチに差してあるような旗だった
その旗を取りにいきたいとククリは思う

瞳孔と声が湖に溶ける瞬間をみつめている

山の頂につくと木の洞に入って、シロとククリはiPhoneで戦争映画を観ていた

そのうちに、山の神さまがミッキーマウスの馬に乗って会いにくる。それが理だった。
寄木細工の湖の水を啜るミッキーマウスの馬の声が溶けていく
そのまま湖にすいこまれるように姿を消した

ククリが言う

「また更新されていく異人の訪れは世界を再生するための一つの運動としてプログラムされていた」

(Scene 20)

キクリの瞳のシャッター速度がおそいために走ってい　るニャウシカのからだは　白　く絹糸のよう
に　伸　びてい　る　馬の　か細い足跡の織物となり　編むために　うたを歌っている
向日葵が玉ボケの　ようにキラ　キラ輝いて焦点があわない
「夏でもここいらは雪が降るよ。といっても、オンラインの雪だけどね。」
雪と　向日葵と　飲みかけのソーダ針がシュワシュワ刺してい　く　牡蠣殻で作ったアイコンの織地
に　リツイートされる鳳　凰が拡散し遊　ぶ　それを纏った　boys and girls　の金糸で織り出され　る
刺繡が　向日葵畑をリズムよく縫ってい　く

電車での帰り、祭りの行列がみえた
眠っているシロを揺り起こした
電車の窓を開ける

花笠をかぶっている豆腐の美女たちが太鼓をてんてん叩いている
その柔らかい肩に乗っていた　小猿が宙を回転し　そのまま地につくと逆立ちして歩いていた
「そこで、家族写真を撮ったのだった」
小猿の声か豆腐の美女の声か
「光は、祈るこころに降り下りるとして、さ」
向日葵が玉ボケの　ようにキラキ　ラ輝いて焦点があ　わない　遠ざかっていく　電車から　眺めて
い　た

(Scene 24)

半島の形をした植　物の繊維のイヌが炭酸　水の夢をみていた
その夢の中で私はイヌの飼い主であり　ミドリいろに透けた繊維の背中を撫でて　あしもとから
しろい泡が出る　発泡するのを感じる　もゆらもゆら　と　左足の踵からのらくろ蝶　が剝がれ落ち
ていくと湯気だった　丹頂鶴が爪の湿原のなかで（スピカ）と鳴いた
「土壌中には多くの種類の細菌が生息しており……」
プランクトンの足の花束のヘッドフォンからマディウォーター流れる川　断絶されたりのいの草から
うたう　石が沈んでいる
「……動物や植物の遺体などの有機物を無機質に還元して、再度、土に……」
石にこころをあたえたのは　cartoon の　中で　あなたがナイフで座標を切りつけ　る
ハードディスクに保存された星空の下　麦畑のなかで白髭の銃口を口に咥えて枯れ木になった
あなたの virus のラクガ　キが呪ったから断絶されたりのいの草が　うたう　石が沈んでいる

惰性のまま眺めている音色からふと誰かの木綿が膨らんで振り向くと三本の雪が生えている

まだ、生まれもしない両性の性器を持ったギブソン・レスポールが奏でるミドリの惑星にはじめて

花が咲いた話を聞いた　ことがあった

みずたまのなかから　文字化けした　水面に浮かぶ花笠のGoogleをかぶった筆跡
ぼろぼろのカヤツリグサの着物をきていた

キミが最初の花　咲いたときのことをおぼえていた　うたった　外部からSupremeのTシャツを
つたって内部へと摺り足で移動する

鼓を打つ音

黒い狩衣に烏帽子を着けた男が不気味に微笑んでいる
その傍らに二人の童子がいる
一人の童子は鼓を持ち茗荷を踏んでいる
もう一人の童子は十二本の笏を円く並べ笹を踏みつけて踊っている

水晶のなかに水の性と火の性を生じさせる

産湯をあびるタスマニアタイガーの火　があらゆるところで局所的に燃えていた

この世界に最初の花が生まれたのはいつだったかおぼえている

中間にいて、ふとしたはずみで、私の中へのめり込んでくるもの、それが植物だ。植物にはまだある種のあいまいさが残されている。この植物がもつあいまいさを捉え、ぎりぎりのところで植物と私との境界を明確に仕切ること。それが私が秘かに構想する植物図鑑である。

（中平卓馬『なぜ、植物図鑑か』）

未熟児で産まれた　キミは保育器のなかによこたわり口と鼻にチューブが入れられて
くるしそうにもがいていた

めにもみえないミドリの細胞が光をエネルギーとしてグラフィティと水からダルメシアンを作り
ケイコウトリョウの酸素をはき出す
ちいさな手が　ホシ　クズシ　探す

あらゆるところで断片的に燃えていた

クズシ　ホ　咲いたときのことをおぼえていた　うたった　手のなかにつつまれた
後ろ戸のファミコン　から鼓の音が散乱層にひびく　　円盤上になってかき混ぜられていく

永　遠　に続くもどきとしての反復の　白骨化した雪女郎のトランポリン　の上で微笑する
the first flower people　キミは叶わない　祈りてをにぎり願いながら　くちを　よこにひろげて
ほらね、跳ねると羽をたたんで　水晶折り　かさなった
「You say "Goodbye", I say "Hello", hello hello...」
間の手　六十六番の物まねを演じる栗毛の　クリオネは　鱗のように花を手折っては
Dystopia Romance　荒廃した世界を背　景に　ゆるむ花びらを游が　せ　た
「まぶたのなかにある影が動いてくすぐったいよ」
瞬きもせずにみつめていたスクリーン
「これはボクと君との約束だよ。この思い出をぜったいに忘れないで」
ひととせの光　息を吐く　珊瑚のラジ　オからこぼれてゆく　ものがたり　を　溢さずに書き取った
〈グレゴリオ〉ゴーストすらいない劇場に残るのは
emotionalな亀のシンセサイザーと　静かに震え　る虎の威を借りたがんもどき色の神輿

(Scene 26)

北斗七星の形をした犬がいてククリは追いかけていた

影のように祖父の書斎へと入っていった

書斎の窓から流星を眺めているキクリがいて、
キクリの体は星が流れるたびに揺らいだ

その犬の、こぐま座α星の辺りがキクリのなかに入っていくと
望遠鏡を覗いているように拡大された、それ

キクリがまばたきするとククリは犬をつかまえるようにキクリを抱きしめていた
「泣いてるの?」
ククリはキクリの潜り戸のおくにかくれキクリはくくられこちらにやってくる

(*Scene 27*)

リリーロー　　ローズルー
昆虫に吸われる星座の形と　なって世界　を　威嚇してい　た
二匹の明滅猫
なだめながら
ルルーラフ　リーフラフ
あからさ　まに
水葉が耳を撫でる
　　　　　　人魚で染められたcode
コロガルル
　　　　　　　　　　　　基底となる
イデタマフ
　　　　　白兎の丘陵の紙の上
　　　　　　蓬を摘んだ小川のせせらぎの
トンコ
リンゴ
　　　　　スマッコ　ワラシ

ある一行が階段から転がり落ちる

屋根裏から　腐葉土が静か　に流れ　込む　　西の空に夕づつ　がみ　える
　　　　　　　　　　　　表層を踊る字体が
リリー　ルーズ　　　　　　　　流星御岳
リーフリリース　　　　　　　　　　　　猫柳に流れ
できるだけ絞りをひらき　シャッタースピードを遅ら　せ　た
ほどけていく　も　の　は

シ　クズが　落ちる　る　と　弧をがえく

(Scene 29)

水道の水が美味しくてごくごく飲んでいた
石鹼の匂い
やわらかいタオルで口をふいた

祖父の入れ歯
ニカーとほほ笑む
呼ばれて、台所に立つ
なにをしたらいいのか分からずにぼんやり突っ立っていた
双子の妹が私を睨んでいた
小さな足音
廊下をかける
窓際にある肘掛け椅子に座る

光に瞬きながら、ゆらゆら、揺られていた

飽きると、カメラを手にして、庭にあったサルスベリの木や枯れた井戸や欄間の写真を撮った

靴を履いた

昔、尾崎放哉がこの向かい側に住んでいた、その家があった小道を歩いた

孔雀のいた公園に行きたいと思った

孔雀が檻の中に入っており、私は、その孔雀を指さしてぼんやり眺めていた、という映像を見たことがあった

その孔雀は今でも生きているだろうか

私がまだ二歳の頃の映像

その時、祖父母としばらく暮らしていた

母が病院に入院していた

祖母と病院に向かって歩いていた

路傍にたちすくんだ
アポロ計画の古びた小さな祠
鎮座している　月面の脇に

クズ　ホシ　ノ　ハ

クレーターの岬でそよぐ
dogsのポリゴン
振動している
私を見つめている
抱かれながら
　存在の後戸に立ち続ける

夏にたちどまった
　　　コップの汗をそのまま流し
六つの輪
Waltz
　　　シ　クズ落ちてきた
一つの露の滴
葵の炭酸水

波に浚われると消えてしまった
八拍子のリズム

(Scene 31)

ニャウシカとSiriが金網にもたれながら少年野球を眺めていた。

確かに、「こころ」を誤読していたと思う。

バナナいろの少年が投げたボールは速くてさっきからストライクばかりだった。

誰も打てないんじゃないか。

「手塚治虫の漫画の中でロックというキャラが一番すき、すごーく自己中で悪いやつ。でも、私はそういうやつが好きなの。」

まだやわらかくとけていく男女が話していた。

「ロック・ホームは、外見はユニセックスな顔立ちの美少年で、数多くの手塚作品に登場するキャラクターです。アンチヒーロー的な存在として二枚目から悪役まで複雑で幅広い活躍を見せます。」

Siriがウィキペディアから引用しては、聞いてもいないことを解説してくれる。

キミはずっと聞き耳をたてている。

「昨日の夜一本足の妖怪が空から落ちてきた」

これはあなたのひとりごと。

「音が聞こえた。とても大きな音だ。」

青空から大きな音が聞こえた。

その音に怯んだのか、ボールを投げる力が少し弱まった。メロンいろの少年のバットにボールが当たった。

空に伸びあがるボール。

角のない牛のフォルムだった。

一本足の光の断面φДψЖχが鳴くと天から地へ空間をつないでいった。

ボールはフェンスにぶつかり、その間に少年はベースからベースへと駆けていった。

「漱石が飼っていた犬の名は？」

「ヘクトー」

「たぶん、チンドン屋だろう」

しばらくして音楽が聞こえてくる。

「商店街に sound fruits ってお店ができるんだって」

あなたも聞こえたか

そう思って、揺れる前髪のなかに埋もれたあなたの瞳をみると
まだ白紙のまま雪が降っている
打ち上げられる花火をあなたは見上げていた

差し出された手のひらの山を添えて　外部から橋を渡ってやってくる巉の天使　指をからめると
プレパラートの蜜蜂の後ろ足　か　ら垂れる甘　い囁　き

芹の生え　る雪が降っている　「X2」のその機能
それを摘む手　が　廃墟の礼拝堂の天窓に　伸び　ていく
日目ぼし市
みあげると冬の花火がみえ　て　桜の貝　の　梅の熨　斗の水びら花　が夜空で燃えていた
風が吹く　と　大島紬の着物は　回転し
その回転エネ　ルギー　を利用する　動力機　械の馬の体のなか　にMeteoが溢れて　いく
「花を知ること」
湯立ての釜か　ら湯気がたち　川島のみょうが
気持ちよさそうに身を差し出す　球体関節羊羹人形　祈るほ　どに
寒かった　とおもわず口にした
椿の枝を手にした　だるまのもこもこ
「序・破・急の流れが完成したときに」
おもくしなだ　れた　雪　円相をえが　く　ふきのとうの長　く美し　い睫毛の先　に
シロというよりはキイに近かった　篠の目乃
あけゆけば

(Scene 33)

台風のあと、もう多摩川のようすは変わっていて
中州に行こうとキミが手を引いた
小学生たちが川に浮かんだ発泡スチロールに向かって石を投げていた
石切りのやり方を昔だれかに教えてもらったのだけど忘れてしまった
IQOSを吸っている
おもわず咳き込んで
振り向いたキミは子どものような顔をしている

なるべく平らで小さい石だ

手に持つと　投げた

昨日、柵によりかかって、塀の外を眺めている女の子を見つけた
口をよこにひろげ、笹の葉のように微笑んでいた

その子がそっちを　指差す

　そっちにはなにがあるのか

（同じ星を共有する、

石が川面を一つ二つ跳ねていく

(Scene 37)

彼らは、岬に椿の苗を植えては、また次の岬へと旅をしていく　波のドラえもんがくるくる岩場にあたってNew Eraのカモメが砕けた　能面をつけたおひさまが海をのぞくと「見ればなつかしや」　ギンヤンマイロにほどけていくLINE「涙を流しているあなたは誰か」　そっとしずかに、椿の匂いと障壁画が長春色にはぜていく　キクリの記憶の、Balloon artが浮かび、ねじり反転する、椿の像が、チワワの風船となって海に漂う「すると、それは祈りとなるんだよ」　断絶、された岬の先端から、広がる青空のほうへ　余白がひろがり「君が笑うのをみてるの」　"Another world"　空に飛んでいく　チワワの風船が微笑する時（共存する君の）　声は空へと昇っていく

ノトーリアス　グリン　ピース

著者　　田中《たなか》さとみ
発行者　小田久郎
発行所　株式会社思潮社
　〒一六二－〇八四二　東京都新宿区市谷砂土原町三－十五
　電話〇三（五八〇五）七五〇一（営業）
　　〇三（三二六七）八一四一（編集）
印刷・製本所　創栄図書印刷株式会社
発行日　二〇二〇年十月三十一日